संपुटी

कविता संग्रह

कौस्तुभ आनन्द चन्दोला

अंजुमन प्रकाशन

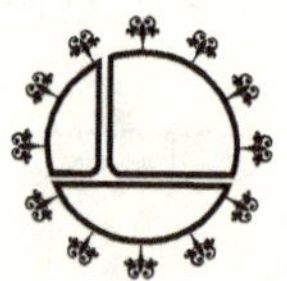

अंजुमन प्रकाशन

942, आर्य कन्या चौराहा, मुट्ठीगंज

प्रयागराज - 211003 उत्तर प्रदेश, भारत

website - www.anjumanpublication.com

E-mail - anjumanprakashan@gmail.com

मूल्य भारत में ₹ 150.00

प्रथम संस्करण, पेपरबैक, अंजुमन प्रकाशन द्वारा 2021 में प्रकाशित

आवरण व टाइपसेटिंग - अंजुमन प्रकाशन, प्रयागराज

ISBN : 978-93-88556-54-5

कौस्तुभ आनन्द चन्दोला

माता का नाम   - स्वर्गीय कौशल्या देवी

पिता का नाम   - स्वर्गीय चेतराम चन्दोला

पत्नी   - श्रीमती सुधा चंदोला

जन्म तिथि   - 7 फरवरी 1957

शैक्षिक योग्यता   - वाणिज्य स्नातकोत्तर

गाँव का पता -ग्राम   - बिन्तोली, पोस्ट -चमरथल, जिला -बागेश्वर, उत्तराखण्ड।

ईमेल   - kanandchandola@gmail.com

कार्यक्षेत्र   - सेवानिवृत्त सरकारी अधिकारी

उत्तराखण्ड सरकार द्वारा 'उत्तराखण्ड भाषा संस्थान- देहरादून की समिति का सदस्य नामित---2021।

प्रकाशित पुस्तक का नाम-

1. 'संन्यासी योद्धा गोलूदेव' (एक लोक नायक की जीवन गाथा पर आधारित उपन्यास)

2- उपन्यास 'संन्यासी योद्धा' कि अंग्रेजी अनुवाद हो चुका है जिसका संस्करण 'Ascetic Warrior' के नाम से प्रकाशनाधीन है।

3- उपन्यास संन्यासी योद्धा का कुमाऊनी में अनुवाद स्वयं लेखक कर रहे हैं।

4. 'चन्द्रवंशी' (अल्मोड़ा के इतिहास पर आधारित उपन्यास)

5. 'प्रेत माँ' (उपन्यास)

6. 'गर्म राख' (कहानी संग्रह)

7. 'संपुटी' (कविता संग्रह)

8- मैं और मेरी यादें (एक आत्म कथा का सम्पादन।

9- निबंध व लेख संग्रह प्रकाशनाधीन

सम्मानित पुस्तक-

1- उत्तर प्रदेश हिन्दी संस्थान, लखनऊ द्वारा 'संन्यासी योद्धा' उपन्यास के लिए 'अमृतलाल नागर साहित्य सृजन पुरस्कार 2016'

2- राज्य कर्मचारी साहित्य संस्थान, उ.प्र. द्वारा 'संन्यासी योद्धा' उपन्यास के लिए 'अमृतलाल नागर साहित्य सम्मान 2017'

अन्य संस्थाओं से मिला सम्मान -

1- पर्वतीय महापरिषद् उत्तर प्रदेश, लखनऊ द्वारा 2019 में 'गोपाल उपाध्याय स्मृति साहित्य सम्मान', माननीय मुख्यमंत्री उत्तर प्रदेश श्री योगी आदित्यनाथ जी के कर कमलों द्वारा।

2- अंजुमन प्रकाशन, प्रयागराज द्वारा- 'सारस्वत सम्मान'।

3- हिमालयन इंस्टीट्यूट ऑफ मैनेजमेण्ट एण्ड इंजीनियरिंग द्वारा 'हिमालय गौरव सम्मान' जिलाधिकारी लखनऊ के कर कमलों द्वारा।

4- सुमित्रानन्दन पन्त जयन्ती पर सुमित्रानंदन पंत वीथिका कौसानी द्वारा 'साहित्य सम्मान'।

5- अटल अन्त्योदय फाउण्डेशन लखनऊ द्वारा 'अटल साहित्य सम्मान 2019'।

6- जन जागृति सेवा संस्थान लखनऊ द्वारा 'साहित्य सेवा सम्मान'।

7- खुशहाल सेवा संस्थान लखनऊ द्वारा 'समाज रत्न सम्मान'।

8- मुलुक लोक कला एवं सांस्कृतिक संस्थान लखनऊ द्वारा 'लोक साहित्य सम्मान 2020'।

9- उत्कर्ष साहित्य संस्थान लखनऊ द्वारा राष्ट्रीय पुस्तक मेला लखनऊ में साहित्यकार गोपाल उपाध्याय की जयंती पर 'उत्कर्ष साहित्य सम्मान' 2018 दिया गया।

अन्य उपलब्धियाँ –

1- सामाजिक क्षेत्र की विभिन्न सांस्कृतिक व सामाजिक संस्थाओं में अध्यक्ष, महामंत्री, उपाध्यक्ष जैसे महत्वपूर्ण पदों का निर्वहन। समाज सेवा वर्तमान में भी निरन्तर जारी।

2- कई पत्र-पत्रिकाओं में स्वतंत्र पत्रकारिता। 'आदर्श प्रधान' मासिक हिन्दी पत्रिका में चीफ ब्यूरो। (नवंबर 2018 से अक्टूबर 2020)

3- 'मिसाल' हिन्दी समाचार पत्र लखनऊ में लखनऊ क्षेत्र संवाददाता। (जनवरी 2017 से दिसंबर 2020)

4- कई पत्रिकाओं का स्वतंत्र रूप से सम्पादन का कार्य जैसे 'पर्वत सन्देश', 'संस्कृति' 'स्वास्थ्य सन्देश', 'जनकल्याण वार्ता' आदि।

5- कई पत्र-पत्रिकाओं में दर्जनों लेख, निबन्ध प्रकाशित।

अनुक्रम

प्राक्कथन

लेखन विधा चाहे जो भी हो, वह कहानी हो, उपन्यास, नाटक, निबंध हो। लेखक अपनी कल्पनाओं, विचारों, संस्कारों आदि को शब्दों और वाक्यों के माध्यम से प्रस्तुत करता है। मैं भी प्रायः गद्य लेखन करता हूँ, वह चाहे उपन्यास हो या कहानियाँ हों, लेकिन कभी-कभी कुछ वाक्य अनायास मस्तिष्क में आ जाते हैं जो मेरे किसी गद्य के अंश नहीं होते हैं। कभी किसी कहानी को लिखते-लिखते, राह चलते, किसी कार्य को देखते - सुनते या बस-ट्रेन में यात्रा के समय खिड़की से बाहर देखते, मन के भीतर आ जाते हैं। उन्हीं को कविताओं के माध्यम से लिख लेता हूँ। एकलव्य पर टी. वी. पर धारावाहिक देखते ही अनायास कविता लिख उठा। शहर के श्रम बाजार (लेबर मार्केट) को देख वहाँ खड़े श्रमिकों को देख उनकी विवशता पर कुछ लिख डाला। एक बार में ट्रेन से देहरादून जा रहा था हरिद्वार के आगे एक पुल के ऊपर ट्रेन रुक गई। बाहर देखा नदी में कुछ दिन पूर्व बाढ़ आयी होगी, उस नदी के किनारे पेड़ उखड़कर पलट गए थे, कुछ उखड़ने ही वाले थे, लेकिन पानी तालाब का रूप लेकर एक किनारे से बहता जा रहा था। मेरे अंदर तुरंत ही कुछ विचार उठे और मैंने ट्रेन में ही उन्हें लिख डाला -

> 'जड़ें नहीं मजबूत, खड़े हैं नदी के किनारे,
>
> अकड़ कर बेशुमार।
>
> आई नदी में बाढ़ ठहर न सके,
>
> उखड़ गई जड़ें
>
> अकड़ हो गई बेकार।
>
> पानी है तरल अकड़ता नहीं
>
> मजबूत बाधा पा कर
>
> अपनी राह स्वयं बना लेता है।
>
> ठहर कर, कुछ मुड़कर

आगे बढ़ जाता है।
इसीलिए निश्चय ही वह
भले ही आएँ कठिनाइयाँ बहुत
एक रोज अवश्य अपना
लक्ष्य पा जाता है।' (इसी कविता संग्रह से)

यह कोई कविता नहीं बस विचार थे। इसी प्रकार मेरी कविताएँ किसी विषय विशेष पर या किसी रस-छंद में उलझी नहीं है। जो मन के भीतर आया और लिख दिया। आप इन्हें कविताएँ नहीं हैं यह भी कह सकते हैं। बस अपने विचारों को शब्दों के माध्यम से एक पुस्तक के रूप में पाठकों के समक्ष रख रहा हूँ। आशा है मेरी कुछ कविताएँ आप को अवश्य पसंद आयेंगी।

- कौस्तुभ आनंद चंदोला

संपुटी

वर दे माँ सरस्वती

माँ सरस्वती करूँ तेरा पावन स्मरण,
करो माँ बुद्धि, विवेक का रक्षण।
श्वेत कमल में माँ विराजमान,
स्नेहिल नेत्र, वत्सल मुस्कान।
धवल सुन्दर हंस है वाहन
बहुरंगी मोर करते नर्तन।
दिव्य रस मय मीणा के स्वर
बहता अनन्त शान्ति का निर्झर।
पल में तू हर देती अज्ञान
माँ तू ही ज्ञान, तू ही विज्ञान।
हम अबोध, अकिंचन बालक नादान
विद्याश्री का माँ दे दो वरदान।

प्रत्यक्ष देव

तुम एक शब्दकोश हो,
जहाँ मैं शब्दों का अर्थ पाता हूँ।
तुम मेरा संसार हो,
जहाँ मैं अपना विस्तार पाता हूँ।
तुम एक प्रकाश पुंज हो,
जहाँ से मैं आशा की किरण पाता हूँ।
तुम एक खिड़की हो,
जहाँ से मैं जगत का दर्शन करता हूँ।
तुम एक दर्पण हो,
जिसमें मैं अपने अंतःस्थल का प्रतिबिम्ब देखता हूँ।
माँ! तुम ही संसार में एक निःस्वार्थ हो,
तुमको मैं ईश्वर का अवतार पाता हूँ।
जिसे मैं ''माँ'' कहकर पुकारता हूँ
तुमको मैं ईश्वर का अवतार पाता हूँ।

माँ

जिसने अपने रक्त और मज्जा से
निर्मित किया मेरा ढाँचा।
अपने वक्ष के अमृतमयी दूध से
बनाया मुझे हृष्ट-पुष्ट।
जिसने सिखाया मुझे
अपने पैरों पर खड़े होना
और भावों को स्वर देना।
मेरे सुख ही जिसके सुख थे
मेरे दुख ही जिसके दुख।
मेरी इच्छाओं के लिए किया
अपनी इच्छाओं का दमन।
मेरी तमाम नादानियों,
शैतानियों को किया सहन।
अपनी ममता पर पत्थर रख
मुझे भेजा पढ़ने अपने से दूर।
कि कर सकूँ ज्ञान के प्रकाश से
अन्धकार को दूर।
ऐसी त्याग मूर्ति, एक ही निःस्वार्थ
है संसार में कहते हैं माँ।
उसके निःस्वार्थ त्याग का
बस इतना ही स्वार्थ
कि मैं उसको प्रेम से कहता रहूँ माँ।
कहता रहूँ माँ।

एकलव्य महान

कुल का पता न गोत्र का
तू पुत्र है एक शूद्र का।
बाल मन में चुभ गया
प्रत्युत्तर द्रोणाचार्य का।

समआयु बालकों के व्यंग्य
मन में करने लगे घाव।
मन व्यथित आँखें लाल
कातर पीड़ित भाव।

उच्च संस्कृति सभ्यता का
करते रहते हो बखान।
पर ज्ञान पाने का अवसर
मिले न जहाँ समान।

कैसा सभ्य समाज है
जहाँ एक वर्ग वंचित।
ऐसे महान आचार्यों का
कैसे होगा पुण्य संचित।

नव अंकुरित बालमन में
तीव्र हुआ विष व्याप्त
सोचा घृणा से भर दूँ
अपने मन को पर्याप्त।

लेकिन मन में ठान ली
घृणा से न चलेगा काम
विकसित करूँ स्व ज्ञान
को लेकर गुरु का नाम।

चला अकेले एकलव्य
करने धनुष अभ्यास।
गुरु ने मुझे अपनाया नहीं
रखूँगा न उनसे आस।

बना ली गुरु की एक मूर्ति
एकलव्य को मिला आधार।
चढ़ाया बाण धनुष पर
लक्ष्य पर करने लगा प्रहार।

अथक श्रम एकाग्रचित्त
निरन्तर कर रहा प्रहार।
दृढ़ विश्वास कर्तव्यनिष्ठ
देख दंग रह गया संसार।

करत-करत अभ्यास से
जड़मति होत सुजान
अचूक लक्ष्य भेदने लगा
करके सर-सन्धान।

तो सम दीन न दीन हित
कृपा कियो रघुवीर
अपार शक्ति मिली निर्बल को
बना महा धनुर्धर वीर।

महा धनुर्धर वीर बना
था न तनिक अभिमान।
यह तो उसकी राह का
एक मात्र था अभियान।

बना कर्म से, नहीं वर्ण से
बने सब यहाँ महान।
पूज्य बने ऋषि बाल्मीकि
रघुवर करें जिन्हें प्रणाम।

शक्ति जगाओ आपनी
रोक न सकेगा कोई।
उर्जा व प्रकाश को
बाँध सका क्या कोई।

लेने गुरु का आशीर्वाद
चला एकलव्य सुबोध।
यह दुनिया छल से भरी
तनिक न था उसको बोध।

समक्ष गुरु के खड़ा हुआ
जिसको बनाया था आधार।
किया बहु विधि अनुनय-विनय
दिया गुरु को सब अधिकार।

आपका ही आधार पाकर
मैं निर्बल बना धनुर्धर वीर।
लें कृपा कर परीक्षा
मैं होऊँगा मैं उत्तीर्ण।

तब गुरु द्रोणाचार्य ने
कैसा अपनाया धर्म।
सब मर्यादा भूल गये
छोड़ा गुरु का कर्म।

एक राजा और राज्य हेतु
भुला दिया स्वधर्म।
लिया अंगूठा काटकर
किया स्वार्थ का कर्म।

थी ये कैसी गुरु दक्षिणा
किया ज्ञान का अपमान।
एक वर्ग के स्वार्थ हित
गुरु का घटा दिया मान।

हाय! यह कैसी नीति है
छीने निर्बल का भाग।
स्वार्थ हित में लगा दी
नैतिकता में आग।

श्रम से पाये ज्ञान का
किया बड़ा उपहास।
छल से अंगूठा कटवा लिया
निर्बल को किया निराश।

इस एकलव्य महान का
गहन साधनामय कर्म।
सिखा गया संसार को
श्रेष्ठ शिष्य का धर्म।

इस एकलव्य महान का
सदा रहेगा जग में मान।
जन्म से नहीं कर्म से ही
होगा मानव का सम्मान।

सशक्त नारी

मानवी-देह में बेहद खूबसूरत हूँ मैं,
रस-भाव से गढ़ी एक अनुपम मूरत हूँ मैं।
घूँघट में चाँद नहीं अब मैं,
बादलों के ऊपर चमकता सूरज हूँ मैं।

नज़ाकत की साख है पर,
जज़्बा बुलंद रखती हूँ मैं।
पुरुष से जुगलबंदी करती,
रिश्तों को ज़िंदा रखती हूँ मैं

धनात्मक विचारों से भरी
इस संसार की धड़कन हूँ मैं।
वेदना, संवेदना, और कर्तव्यमय
एक दुर्लभ व्यक्तित्व हूँ मैं।

सहज, सरल, निर्मल, स्वच्छ,
कलकल बहती जलधार हूँ मैं।
कमजोर, अबला, बेबस नहीं
सशक्त, मुखर ललकार हूँ मैं।

प्रेयसी, माँ, बेटी, पत्नी, बहन और
पुरुष की प्रमुख ऊर्जा स्रोत हूँ मैं।
मोजे, रुमाल, रसोई, बच्चे,
अब तो देश सँभालती हूँ मैं।

अब ज्ञान की ऊर्जा है मुझमें
संकटों से डरती नहीं हूँ मैं।
घृणित नजरों व छुवन चाहतों से
अब घबराकर भागती नहीं हूँ मैं।

मेरे विरुद्ध अपने हित
पुरुषों ने बनाये जो नियम
उनके विरुद्ध प्रबल
विद्रोह कर सकती हूँ मैं।

नौ माह गर्भ में धारण करती,
नीड़ में बैठ शिशुओं को पालती हूँ
पर स्वयं भी स्वच्छन्द डैने फैलाकर
उड़ सकती हूँ मैं।

कोयल-सी कूक से
हर्षाती प्रेम रस बरसाती हूँ,
पर काली के रूप से
कुकर्मियों को डराने वाली हूँ मैं।

समान अधिकार, कर्तव्यों को समर्पित,
सुन्दर, सशक्त सम्पूर्ण नारी हूँ मैं।

देह का मूल्य

माता-पिता सब साथी
हर तरह लगावे अंग,
प्राण निकल गये तन से
कोई नहीं बैठे संग।

सुन्दर तन था सब कुटुम्ब
आओ कहे हजूर,
प्राण गये कहने लगे
तज्यो घर से दूर।

आत्मा जब तक देह में
तब तक का था मोल,
साँप तो निकल गया
बचा केंचुली खोल।

जीव निकसा तो तन का
रहा न कोई मोल,
जीवन के इस भेद को
देख लो आँखें खोल।

धैर्य न खोना

जीवन में नित संघर्ष आते रहेंगे,
बुलबुलों की तरह वे जाते रहेंगे।
जीवन के रंगमंच भी सजते रहेंगे,
कई पात्र आते और जाते रहेंगे।

जीवन में नित नवप्रभात भी होगा,
हर साँझ को सदा सूर्यास्त भी होगा।
जीवन में सपने बुनते रहेंगे,
पल-पल वे टूटते और बिखरते रहेंगे।

वीणा का हर तार बदलता ही रहेगा
जीवन का संगीत फिर भी बजता रहेगा।
जीवन में हर रोज़ नया पृष्ठ खुलेगा,
जिसे पढ़कर ही जीवन आगे बढ़ेगा।

जीवन एक पथ है हम उसके पथिक हैं,
हम तुम न रहेंगे पर पथ तो रहेगा।
जीवन है तो नित संघर्ष करना पड़ेगा,
कठिनाइयों से सदा हमको लड़ना पड़ेगा।

हम एक पथिक हैं सदैव चलना पड़ेगा,
जीवन में कुछ कर्म तो करना पड़ेगा।
पराजित हो तो निष्क्रिय फिर भी न होना,
जीवन में संघर्ष कर, धैर्य कभी न खोना।

तृष्णा का अन्त नहीं

शिथिल शरीर के अंग-अंग
मुख में नहीं रहे दन्त।
हाथ पाँव हैं डोलते,
सँभाले हुए है दण्ड।

बुढ़ापे में भी उठ रही,
कामनाएँ प्रचण्ड।
तन तो थककर चूर हुआ,
मन बना हुआ उद्दण्ड।

आँखों में जाला पड़ा,
मन की आँखें चंग।
तुम रखो यदि भावना,
सम्भावनाएँ हैं अनन्त।

मन में जब भी उमंग है,
फिर क्यों रुकता वृन्द।
सहारा लाठी बनी भले,
अभी कहाँ है अन्त।

आज की नारी

दुनिया दरियादिल लोगों की है,
चंद सिरफिरे, कायर,
दरिंदों की नहीं है आज।

वहशी नज़रें हर काल में थी,
पर काल के गाल पर तमाचा मार,
नारी आगे बढ़ी है आज।

लाखों लड़कियाँ बिंदास घूमती यहाँ,
चूँ भी करे कोई
जबान खींच लेती हैं आज।

इस अन्तहीन त्रासदी से
लड़ाई जारी है,
पर घर में दुबककर नारी
बैठने वाली नहीं है आज।

समाज को पुरुषविहीन बनाकर नहीं,
पुरुषों के कन्धा से कन्धा मिलाकर
चलने वाली है आज।

पुरुषों से कहीं कमतर नहीं नारी,
गहरे आत्मविश्वास व ज्ञान की
शक्ति वाली है आज।

टीवी चैनलों में देख खबर,
हतप्रभ हैं ज़रूर,
पर ठहरती, घबराती नहीं है आज।

माँ ओ! अपनी आँखों से नींद उड़ाओ नहीं,
इस अश्लील, घिनौनी, मानसिकता को
कुचल कर आगे बढ़ने वाली है आज।

पिताजी! आप घबराएँ नहीं, रोकें न हमें,
हम पढ़-लिख कर
समाज, देश व आप का मान
बढ़ाने वाली है आज।

नारी सिर्फ पैसा एकत्र करने
नहीं निकली है घर से,
वह पुरुषों को पछाड़कर उनका
अहम तोड़ने वाली है आज।

कलुषित मानसिकता वाले पुरुष चाहे
उनके मान को ललकारें,
नारी चुप न रहेगी,
ऐसे पुरुषों को सबक
सिखाने वाली है आज।

नारी को भारत में सदैव मिला है सम्मान,
यह परम्परा और
नैतिक शिक्षा का पाठ,
पुरुषों को याद रखना है आज।

नारी मात्र सन्तान उत्पन्न करने वाली
मशीन नहीं,
उसने अपना रक्त देकर
गौरव समाज और देश का
बढ़ाया है आज।

नारी पुरुष की हर काल में
प्रेरणा स्रोत रही है,
अकेले पुरुष कुछ नहीं है जग में,
पुरुषों को यह सबक याद रखना है आज।

उजड़ी थाती

उग आयी है घास सीढ़ियों पर
दरक गयी दीवारें।
दरवाज़े हैं बंद पड़े सब,
पड़े हैं उनमें ताले।
गाँव से नाता तोड़
कहाँ गये रखवाले।
हो गया है आँगन निर्जन
जम गयी है उसमें घास।
आकर कोई इसको लीपे
छूट गई यह भी आस।
शहरों को गये घरवाले,
चूहे ने तोड़ी पाल।
छज्जे मोरीबंद पड़ी हैं,
झूल रहा मकड़जाल।
धूप तो अब भी खिली पड़ी है,
पर नहीं पेड़ और छाँव।
खम्भों बीच बँधे तार पर
कपड़े नहीं आरो-पार।
खण्डहरों को कैसे कहें घर,
जब नहीं रहे रहने वाले।
रिश्ते-नाते बिखर गये हैं,
थाती कौन सँभाले।

आलोचना

पिछड़ेपन के प्रति क्षोभ
सुधारों को अपनाने का आग्रह
जनमानस को जोड़कर
सजग करने का प्रयास।

व्यंग्य के प्रहार होते हैं सार्थक
विद्वेषपूर्ण आलोचनाओं और
कटुक्तियों से भरी भावनाओं
के बिना भी कर सकते हैं
चीर-फाड़ विसंगतियों की।
फ़ूहड़ व स्तरहीन बने बिना
गरिमा को गिराये बिना भी
उजागर कर सकते हैं उनको।

मूर्ख होते हैं वही जो
करते हैं अन्धानुकरण
न सब कुछ पुराना ही अच्छा
नहीं सब कुछ नया ही सुन्दर
कर परीक्षण उपयुक्त को
है अपनाना ही श्रेयस्कर।

विपथगामी प्रवृत्तियों और
प्रतिकूल परिस्थितियों को
रेखांकित करना है उचित
किन्तु आलोचना न हो
नकारात्मक और द्वेषपूर्ण किंचित।

तुम बिक्री के लिए नहीं

अपने ही स्वार्थों की पूर्ति में
लगे रहते हैं धनवान व सत्तावान
उन्हीं के षड्यंत्रों में सम्मिलित हो जाये
अगर ज्ञानी व बुद्धिजीवी भी
अनुभवी व शिक्षावान भी
तो सामान्य जनों का होगा क्या?
सत्तावान डरा, धमका कर,
धनवान खरीद कर,
उन्हें अपनी ओर कर लेगा
तो फिर सामान्य जन और
समाज का असहाय वर्ग भी
क्या गुलामों जैसा व्यवहार करने को
बाध्य न होगा?
तब क्या होगा लाभ
स्वतंत्रता और समानता का।
किसको मिलेगा लाभ
आर्थिक सम्पन्नता का।
लड़ने के लिए इस चक्र से
आगे तो आना ही होगा
ज्ञानी और बुद्धिजीवियों को।

चारण

मतलब तुम्हारा दौलत तुम्हारी
बस मेहनत कर रहा हूँ मैं।
भूख और हवस मिट रही तुम्हारी
बस बदनाम हो रहा हूँ मैं।
कागज़ कलम स्याही तुम्हारी
बस कलम घिस रहा हूँ मैं।
ऐश्वर्य तुम्हारा गुणगान तुम्हारा
बस गला फाड़ रहा हूँ मैं।
बातें तुम्हारी बड़ाई तुम्हारी
बस जबान खराब कर रहा हूँ मैं।
महफ़िल तुम्हारी चिराग़ तुम्हारा
बस हाथ जला रहा हूँ मैं।

निकालें फ़ुरसत के पल

आइए कुछ पल फ़ुरसत में हो जायें,
अपनों व अपने परिवार के साथ हो जायें,
दोस्तों-मित्रों की दुनिया में जायें,
साधारण-सा रहकर भी कभी
सबके लिए कुछ खास हो जायें।
आइए कुछ पल फ़ुरसत में हो जायें।

फ़ोन, फ़ेसबुक से नहीं साक्षात भी हो जायें।
आभासी को छोड़ प्रत्यक्ष भी हो जायें।
प्यार या सुख में ही नहीं,
दुःख में भी कुछ साथ निभायें।
चलो कुछ पल फ़ुरसत में हो जायें।
बसन्त की बहारों में प्रेम दिखाते हैं सभी,
हम पतझड़ में भी साथ हो जायें।
आइए कुछ पल फ़ुरसत में हो जायें।

लाख बुराइयाँ आ गयी हैं भले ही
छल-छद्म, राग-द्वेष बढ़ गये हों भले ही
तपा कर स्वयं को फिर पावन बनायें।
धोकर कलुष सब प्रेम रंग में रंग जायें
आइए कुछ पल फ़ुरसत में हो जायें।

मृत्यु

मृत्यु अमंगल नहीं,
परमात्मा की इच्छा है मृत्यु।
शरीर का थकना है मृत्यु।
मृत्यु ही है अन्तिम मित्र
नया जीवन मिलेगा तभी।
मृत्यु की चाबी से खुलते हैं
नये जीवन के द्वार।
जो मरना जानते हैं
उनके लिए मृत्यु एक
घटना है मात्र।
वृद्ध मनुष्यों के पास
मृत्यु पहुँच जाती है धीरे-धीरे
किन्तु युवाओं के पास
पहुँच जाती है अचानक।
जीवन नद में थक जाता
जब जीव श्रम से होकर कातर।
मृत्यु के बाद जैसे नहा धोकर
नूतन चोला ले तरोताजा होकर।
अन्ततः सबके द्वार
खटखटाती है मृत्यु।
सब की दौड़ का अन्तिम
पड़ाव है मृत्यु।
कितना अच्छा हो जब सब
कह सकें मृत्यु से
अरे! द्वार पर आये हो?
अब बहुत हो गया काम
चलो अब चलते हैं मित्र!
जीवन और मृत्यु के बीच

हर कोई दूरी चाहता है
फिर भी कभी किसी क्षण
वह मृत्यु की भी चाह रखता है
आनी है निश्चित हर एक जानता है
फिर भी दूरी इससे
बनाए रखना चाहता है
यह सनातन सत्य है
पर इसे भुलाए भी रखना चाहता है।

प्रयत्न

बुराइयाँ आ चुकी हैं सामने,
ऐसी बुराइयाँ कि चेतना दहल उठे।
हम सब पर भारी पड़ेंगे षड्यंत्र
अवश्य ही लोग मारे जायेंगे।
लेकिन शिव रूप असफल नहीं होगा,
महाकाल जिसका साक्षी होगा।
सत्यम शिवम सुन्दरम का मंत्र
कभी गलत नहीं होगा
सदा अविनाशी होगा।
कुछ बलियाँ तो देनी होंगी
शान्ति प्राप्ति के लिए,
कुछ तो मूल्य चुकाना होगा,
बुराइयों से लड़ने के लिए।
सत्य अजेय रह सके इसलिए
संघर्ष तो करना होगा।
चाहे सम्भव न हो
समूल अन्त बुराई का
अथक प्रयास तो सदा
जीवन भर करना होगा।

कहाँ से आये मानवता

जब जीवन में मचा हो
भूख और अभावों का ताण्डव
तब पढ़े-लिखों की बातें
और महानता
सब शब्दों का आडम्बर-सा लगता है।
धन पिपासुओं ने चूसा
रक्त मानव का
दानव ने मुखौटा लगाकर
जनसेवक का
दीन-दुर्बल के हाड़-मांस से
अपना महल बनाया।
तरह-तरह के छद्म और प्रपंचों से
निरीह जनता की भावनाओं को
अपने क्रूर पंजों में
दबोचते रहे दानव।

पेट की भूख और अभावों का ताण्डव
दम तोड़ती जाती
कोमल भावनाएँ जब,
परिवार की आशाओं पर
फिरता है पानी,
जब हरण कर लेता है
आशा की अन्तिम किरण का भी,

सपनों में भी जब दिखती है रोटी
हिंसा तब अहिंसा सी दिखती,
तब निर्बल पीड़ित के भीतर
उमड़ता पड़ता है हिंसक विप्लव

वर्जनाएँ सारी धीरज की
क्यों न टूट जायेंगी,
मानवता उसके भीतर
आखिर कब तक जीवित रहेगी।

प्रेम की रवायत

समय के साथ जीने का अंदाज़ बदल गया।
समय के साथ इजहारे इश्क बदल गया।
आजीवन साथ रहने का बँधन आत्मा का
यह तो अब केवल एग्रीमेण्ट रह गया।
पहले हर पल उत्सव था साहचर्य का
अब तो ब्रेकअप भी सेलिब्रेशन हो गया।
भटक लें हम राहों से चाहे जितना
आत्मा कहीं न कहीं हमें कचोटती रहेगी,
कितना भी नाचें हम कलुष के कीचड़ में
प्रेम कमल-सा खिला ही रहेगा।

आते रहेंगे बसन्त, फाल्गुन और सावन,
प्रेम हर मौसम में पावन भाव ही भरेगा।
मूल्य जीवन के हो जायें मलिन चाहे जितने
प्रेम प्रखर प्रकाश का सदा प्रसार करेगा।

रक्षक ही भक्षक

ग़लत को ग़लत कहा जाये
हौसला तो यह उचित है।
पर अहंकार हो अपने विवेक का
क्या यह उचित है?
निकालो जुलूसें, मोड़ो हवा को
हवा का रुख बदलना उचित है।
हार जाओ अगर तो हवा को ही
बदनाम कर देना उचित है?
ज़मीं, पानी, खेत सब हमारे
देखभाल करना उचित है।
पर फसल रुग्ण हो जाय अगर तो
बाड़ को ही तोड़ देना क्या उचित है?

चाहतें अनन्त

भले उड़ जाऊँ कहीं अनन्त में
फिर भी चाहत है
परछाइयाँ रहें मेरी सदा ज़मीं पर
महकाऊँ धरा को उड़ने से पहले
कि सम्बन्ध मेरा मूल से बना रहे।
पहुँचूँ कितनी भी दूर आकाश में
छू लूँ आसमाँ को कुछ इस तरह से
फिर भी विलीन न होऊँ
किसी की दृष्टि में
किसी सितारे की तरह
दिखता रहूँ मैं धरा से।

कोई आकर पूछे
कहाँ है तेरा बसेरा
तो बता दूँ मेरे जीवन का अर्थ
नहीं कहीं एक जगह पर ठहरना
चलते ही रहना चलते ही रहना।

देखा था सपना जिस मंजिल का मैंने
वह न धरती पर मिला न गगन में मिला
क्योंकि हर मंजिल से होती है
नयी मंजिल की चाहत
भाग्य में लिखा था चलते ही रहना
चलते ही रहना, चलते ही रहना।

प्रवासी

बता मुझे भ्रमित प्रवासी
अपने मन की बात,
क्यों पड़ा रहा तू यहाँ,
सोया सारी रात।
प्रकृति गोद में पला बढ़ा तू
ऐ अनुज स्वच्छन्द
अर्थजाल में फँसकर खोया
तूने सारा आनन्द।
जीवन की अन्त घड़ी में
तू क्यों चिन्तित गात,
कहाँ रह गया था तू मानव
हो गयी अब तो रात।
हो गयी अब तो रात।

शून्य हो तुम

चल रही है जिंदगी दौड़ क्यों रहे हो
मिली जो खुशी है गवाँ क्यों रहे हो
चले गये उनकी यादों में खोये हुए हो
जो हैं तुम्हारे भरोसे उन्हें भूले हुए हो
कोई है हमसे हमारा वक्त छीन रहा है
भविष्य की चिन्ता जताकर वर्तमान छीन रहा है
औरों का हक़ छीन तुम धनवान बन रहे हो
रह जायेगा यही, सत्य से अनजान बन रहे हो

ज़िंदगी जियो खूब इसमें भरो खूबसूरत रंग
कुछ करो औरों के हित जियो अपनों के संग
सिर्फ़ शून्य हो जान लो, महत्व तभी है तुम्हारा
साथ में किसी के जुड़कर जब बनोगे सहारा।

नया परिच्छेद

सम्पूर्ण अग्नि अपने
अंतःस्थल में समेटे,
उत्तप्त होती जा रही है
अन्दर ही अन्दर,
फूटती क्यों नहीं यह अबला
ज्वालामुखी-सी बन तू सबला।
कितनी कठोर अग्निपरीक्षाएँ
झुलसाती रही हैं इसको
स्वर्ण सिद्ध होने पर भी
तड़पाती रही हैं इसको।
अध्याय अनेकों इतिहास में तेरे
अग्निपरीक्षा से भरे पड़े
कभी राम तो कभी केशव थे
सर्वत्र राक्षस अब कलयुग में
समाप्त करो अब तुम स्वयं ही
शस्त्र उठा सारे क्लेश और खेद को
भूलकर करुण इतिहास को अपना
लिखो विजय का नया परिच्छेद अपना।

जीवन चक्र

महासागर का जल बदलता है
बादलों में सूरज के ताप से
बादल उड़ते उमड़ते-घुमड़ते
चल देते हैं लम्बी यात्रा पर
गर्व दिखाते इठलाते डराते हँसाते
कभी-कभी मूढ़ बन कर
आपस में लड़ते, दूसरों पर
भयानक बिजली गिराते
कभी-कभी रोमांचित करते
युद्ध कला-सा दिखलाते
अन्त बादलों का भी होता
निश्चित समय पर होकर तरल
धरती के प्यासे आँचल पर
पानी बन बरस जाते,
वर्षा की स्वच्छ जलधाराएँ
समा जाती हैं नदी-नालों में
बेसब्र नदियाँ प्रचण्ड वेग से
जा मिलती हैं महासागर में।
जल चक्र है यह सृष्टि निर्धारित
सब ओर समान ही चलता है।
इसी तरह जीवन चक्र हमारा
निश्चित है सनातन चलता है।

सुख-दुख के पर्वत, वन, मैदानों में
संघर्ष प्रवाह निरन्तर चलता है।
चलता रहता अथक निरन्तर
आगे-आगे बढ़ता रहता है
पंचतत्व के अनन्त महासागर में
अन्ततः विलीन हो जाता है।

परिणति

विशाल वृक्ष के नीचे बैठा था
करके फल की आश।
अनायास वृक्ष पर हुई खड़खड़
देखा मैंने ऊपर सिर उठा कर।

आशा भरी नजरों से ताका
दृष्टि दौड़ायी टहनियों तक
काला लंगूर एक नजर आया
तोड़-तोड़ खा जाता फल
नीचे गिराता रहता केवल
अपने जूठे और खट्टे फल।

बूढ़ा हो गया विशाल वृक्ष अब
लंगूर भी शायद मर गया।
पत्ते, फल-फूल नहीं रहे एक भी
जीवित पर छाया विहीन रह गया।

बूढ़े विशाल वृक्ष की शाखाएँ
नंगी हड्डियों-सी दिखती हैं।
है हरेक यवन की यही परिणतियाँ
स्वर्णिम अतीत याद कर रोती हैं।

प्रकृति की गोद

जन्म से ही देख रहा हूँ
तू ही चारों ओर है।
आधार तू ही जीवन का
तेरा ओर न छोर है।

शक्ति जीवन को देने वाले
तुझमें अजस्र स्रोत हैं।
दिन रात और ऋतुएँ सारी
सौन्दर्य प्रभा से ओत-प्रोत हैं।

बसन्त के उल्लसित यौवन में
श्रृंगार तेरा हो जाता चंचल
श्रावणी सन्ध्या में लगती तू
लज्जाशील वधू सुकोमल।

शरद के निर्मल चन्द्रिका में
अक्षत यौवन-सी तेजवान
बन जाती हो सौन्दर्य की तुम
दिव्यता की सदृश्य प्रतिमान।

कभी नन्दनकानन की सी शोभा
बन जाती तेरा आभूषण।
मलय समीर के आलिंगन से
करता नृत्य तेरा कण-कण।।

प्रतीत होता मन-भँवर को मेरे
कर रहा विचरण इन्द्र उपवन
पुष्प सुधा रस पी पीकर पाता
परमानन्द पल-पल यह जीवन।

अटूट नाता है तेरा मुझसे
मैं तुझमें हूँ और तू मुझमें।
हे प्रकृति! पाता तेरी गोद में।
प्राण, प्रेम और सुन्दरता मैं।

रस

क्यों रूप माधुरी तुम लजा गयी
श्रावणी सन्ध्या-सी तुम बदल गयी
रसमुग्ध मिलिन्द बन
स्वाति के चातक-सी तुम
रूप सुधा पान करने लगी
दिव्य रूप राशि की प्रभा
बिखेरती-सी तुम बैठी हो
सौन्दर्य प्रभा छिटकाती चहुँओर
पुष्पवाटिकाओं में फैली हो
मनमत्त सुगन्ध और स्वर फैलता
पवन-नूपुर हिलते हैं मधुर जब
नहीं मिलेगा रस-आनन्द किसे
फैली है तू चारों ओर उन्मत्त जब

आँख खुली कब

हे ज्ञानी मनुष्य तू क्या चाहता था
ये नादान! मनुष्य तूने क्या क्या किया
तूने जीवन में कितने नाटक रचाये
आज मृत्यु ने सब
एक झटके में लूटा
क्या कुछ भी तेरे हाथ लगा
चिता पर तेरे जम गयी लकड़ियाँ
तेरे पुत्र, मित्र और स्नेही
सब बहाये जा रहे आँसू
कुछ शर्मिंदा हैं कुछ भावुक हैं
कुछ गपशप लड़ाए हैं
काम निबटा कर जैसे बैठे हैं सब
बीड़ी सिगरेट के कश लेता कोई।
तुम्हारे मैल से पा रहा हो छुटकारा
वैसे जल्दी नहा कर कपड़े बदलता है
देख ले मूरख क्या सच में कोई
उस संसार में तेरा अपना बन पाया है

किसी को जल्दी है काम पर जाने की
किसी को चिन्ता है दुकान खोलने की
जाने वाला चला गया व्यर्थ की चिन्ता क्यों?
कोई कर सका मरने वाले की रक्षा क्यों?
पहुँचा दिया अन्तिम स्थान तक भैया
चिता पर भी सुला दिया,
दियासलाई जलाकर तुरन्त
चिता को आग भी लगा दिया,
दुनिया की यही रीति है भैया
अन्त में यहीं तक साथ दे पाया है,
हमको भी ऐसे ही जलना होगा
ये कोई नहीं समझ पाया है

संघर्ष अनिवार्य

मनुष्य इतना दुख इतना दर्द
क्यों सह लेता है।
पीड़ा के साथ इतना
संघर्ष क्यों कर लेता है।
मृत्यु साँसों के द्वार
खटखटा रही है।
परन्तु साँस की अन्तिम
इकाई टूटने तक
जीने की आशा क्यों सँजोता है।
एक दर्द को दूर करने के लिए
कई दर्द क्यों सह जाता है।
दिन-रात क्रन्दन करते हुए भी
अपंग मृत्राय देह का भार
क्यों घसीटते रहता है।
मृत्यु निश्चित है,
जीवन पथ का अन्तिम पग,
यह जान कर भी कि
तमाम साधन अपनाने के बाद भी
वह निश्चित गति से
निकट आती आयेगी।
मनुष्य जीवन की आश
नहीं छोड़ता
क्योंकि मृत्यु से हार मान लेना
बिना संघर्ष के भाग जाना
सृष्टि के कृति का अपमान है
इसीलिए जीवन का
यह संघर्ष हो जाता है अनिवार्य।

शहर से चिपका मनुष्य

गुड़ के लालच में हम
चींटियों की तरह कतार लगाकर
निकले थे गाँव से शहरों की ओर,
शहरों की सुविधा भरे जीवन
की पाकर मिठास
चिपके रह गये उसी गुड़ की भेली पर
हम चींटियों की तरह।
पा गया जो नौकरी
वह नौकरी से चिपका।
फिर छोटे से किराये के मकान
या सरकारी कॉलोनी से चिपका।
कोई दुकान में सेल्समैनी से
तो कोई बर्तनों की धुलाई से चिपका।
खोली किसी ने दुकान पान की
कोई ड्राइवर तो कोई क्लीनरी से चिपका।
कोई किराये के मकान में यहाँ दुबका
किसी का आलीशान मकान में जो ठहरा।
येन-केन धनवान बनने की लालसा
वह उसी धन की लिप्सा से लिपटा।
कोई तरह-तरह के व्यसनों से
तो कोई अपराध व भोग में लिपटा।
इस तरह लालचों से चिपका हूँ कि
चाह कर भी गाँव लौट नहीं सकता।
धीरे-धीरे गाँव उजड़ा पर शहर आबाद
लाचार-गरीब हुआ विवश भी यहाँ
किन्तु शोषित होने को मजबूर बेहाल।
सम्मान को लगी बहुत बार-बार ठेस
परन्तु पापी पेट का था खड़ा सवाल।

कौन रखता होगा ख़याल उनका
जिन्हें छोड़ आये हो गाँव में अकेला
चार बूढ़ी आँखें देखती हैं रास्ता
आँखों में उनके आँसुओं का है रेला।

याद आता है गाँवों का वैभव
फल -फूल फसलें और खलिहान
नदी सरोवर ताल तलैया
हरे-भरे जंगल और मैदान

तीज-त्योहारों के पूड़ी पकवान
याद आते हैं सामूहिक नृत्य गान

माता-पिता और परिजनों का
कर स्मरण में नित्य-प्रति रोता हूँ,
चिपक गया हूँ शहरी मिठास से
गाँव को लौट सकता नहीं हूँ।

ठोकरें

हर धातु को हमने पिटते देखा
पिटने से मिलता उसको आकार।
बिना पिटे रह जाता है वह
बेढ़ब अनगढ़ कठोर बेकार।
पिटने से ही फैलती धातुएँ
पाती हैं अर्थपूर्ण विस्तार।
दूसरों के लिए उपयोगी बन कर
अपने अस्तित्व की सार्थकता
को कर देती हैं साकार।
पिटकर भी जो विस्तार न पाता
नहीं बदल पाता अपना आकार
टूट जाता है बिखर जाता है
हो जाता निर्थक और लाचार
पिटना, आघात सहना, ठोकर खाना
जीवन का करते हैं ''संस्कार''
स्वागत करें हम ठोकरों का
होगा निश्चित अपना उद्धार।

सद्‌मंत्रणा

संवेदना, सरोकार हो गये हों जब बधिर,
आलोचनात्मक दृष्टि को खा गया हो तिमिर,
तर्क, प्रमाणों के बिना ही जो
घोषित कर देता हो निर्णय,
ऐसा सेनानायक निश्चित ही
हो जायेगा भ्रष्ट और निर्दय,
स्वेच्छाचारी जो करे न सद्‌मंत्रणा
अनिवार्य है ऐसा निरंकुश नायक
पायेगा एक दिन अपनों से ही यंत्रणा
पतित हो जायेगा अवश्य ही
पायेगा अपनों से ही एक दिन यंत्रणा।

दो आँखें - कितनी आँखें

विलक्षण प्रभाव वाली आँखें,
आँखों से जा भिड़ीं आँखें,
आत्मविश्वास से पूरित आँखें,
गहरी-गहरी मदभरी आँखें,
सुख से स्पन्दित उमंगित आँखें,
कौतूहल से भरी-भरी आँखें,
दुःख से अविरल छलकती आँखें,
सहानुभूति की स्नेहिल आँखें,
आदर सम्मान से पूरित आँखें,
प्रतीक्षा में पथराती आँखें,
टकटकी लगायी निहारती आँखें,
चिन्तातुर हो सिकुड़ी आँखें,
क्रोध से आरक्त प्रचंड आँखें,
दम्भ से भरी उद्दण्ड आँखें,
नशे से लाल चढ़ी-चढ़ी आँखें,
लज्जा से झुकी मुदित आँखें,
विस्फारित हो भेदती आँखें,
मुड़कर तिरछी दृष्टि से देखती आँखें,
अलसायी-सी अधखुली आँखें,
घनी पलकों की छाँव में छुपी आँखें,
झील-सी गहरी नीली आँखें,
पश्चाताप से क्षुब्ध बोझिल आँखें,
क्रोध भंगिमा में चढ़ी आँखें,
ईर्ष्या से जलती हुई आँखें,
ज्ञान प्रकाश से प्रदीप्त उज्ज्वल आँखें,
दुःख वेदना से स्तब्ध पथरायी आँखें
तीर कलुष के चलाती आँखें,
भेद अपना ही खोलती आँखें,

आँसुओं से भीगी-भीगी आँखें,
विकट संघर्षों से अकुलाती आँखें,
मदोन्माद से मदमाती आँखें,
मद में चूर तीक्ष्ण चुभती आँखें,
आखेटक-सी तीखी आँखें,
नींद भार से अलसाई आँखें
अबोध सुकोमल जगमगाती आँखें
आंखों ही आखों में बात करती आँखें,
दो आँखों के भीतर कितनी आँखें,
दो आँखों के भीतर कितनी आँखें,

मजबूर-मजदूर

विश्वासों, आश्वासनों पर पल रही प्रजा,
आशाओं का महल सँजों रही प्रजा।
दो जून रोटी के लालच में
फँसता जाता मजदूर।
भूल बीमारी और जान का खतरा
जोखिम उठाकर खटता मजदूर।
दिन-रात मेहनत करते-करते
धूल-धुआँ पीता
जानलेवा बीमारियों को
गले लगाता मजदूर।
आँख मलता, खाँसता
फेफड़ों को गलाता
जीने के लिए है सब करता
आँखों की रोशनी को गवाँता मजदूर।
पेट का बवाल, रोटी का है सवाल
तिल-तिल गलाकर, मन मार कर
रोजगार की तलाश में मजदूर।
मेहनत के घण्टे बढ़ते जाते
किन्तु क्या वह थकता नहीं
बस मशीन बन गया है मजदूर।

मालिकों के विलास के लिए
श्रम की लपटों में जलकर
अपना खून-पसीना
बहाता है मजदूर।
जब आता है समय मेहनताना का
नुक्स निकाले जाते हैं काम में
जलालत के साथ लौटता मजदूर।

अकाल पड़ा खेती सूखी
खेत पड़ गये परती
किसान भी बन जाता मजदूर।
गाँव में गुजर-बसर नहीं अब
शहरों की ओर भागता मजदूर।

स्वार्थों भूख के कारण
एकजुटता नहीं दिखा पाता मजदूर।
मेहनताना मिला नहीं समय से
ठेकेदारों के कर्ज चंगुल में
फँसने को मजबूर मजदूर।
मजदूरी की तलाश में भटकता
काम पाने की लालच में
दलालों का भी पेट
पालता है मजदूर।

आजीविका के लिए धक्के खाकर
किसी तरह अन्टी में कुछ पैसे ले
परिवार से मिलने गाँव लौटने को
मजबूर है मजदूर।

गाँव भी जातियों का बनी अखाड़ा
अखाड़े में नहीं अट पाता
ठगा-सा रह जाता मजदूर।
राजनीति के छल-प्रपंच कहाँ नहीं
अपने अधिकारों को भी
बेचने को मजबूर मजदूर।

संस्कृति शहरों की गाँव से भिन्न
अपनी भूलता जाता मजदूर,
दास दुर्व्यसनों का भी अक्सर
बनता रहता मजदूर।
थाना -पुलिस के चक्कर में भी
पिसता रहता है मजदूर।

नये-नये स्थानों पर नये संघर्ष की
परिभाषा सीखता मजदूर
बहुत हाथों से फिसला है
अब स्वयं के भरोसे जीने का
संकल्प करता मजदूर।

छटपटाता संघर्ष हेतु पुनः तैयार होता
बार-बार विस्थापन और पलायन
को मजबूर है मजदूर।

हमारा युद्ध

ईर्ष्या घृणा के विषाक्त अस्त्रों से सजकर
पूर्वाग्रहों दुराग्रहों से ग्रसित होकर
निष्ठुर बन सम्मान स्वार्थों से भर कर
सब भला बुरा की चिन्ता छोड़ कर
नैतिक मानकों की राह को छोड़कर
सनातन मूल्यों का
निर्वहन छोड़ कर
संवेदनशील कानूनों का तंत्र छोड़कर
राजधर्म के आदर्शों से च्युत होकर
स्वेच्छाचारी घमण्डी अधर्मी भी होकर
नियंत्रण नियम कानूनों को तोड़कर
धर्म के नियमों को स्वार्थवश गढ़ कर
प्रजा है मानने को बाध्य हो कर।
आय का प्रजा से बड़ा भाग लेकर
सुरक्षा के नाम पर भय को थोप कर
करें कैसे आशा अनैतिक राजा को चुनकर
प्रजातंत्र है उठो आक्रोश को धारण कर
अधर्म तंत्रों, निरंकुशों से लड़ना जानकर
अहिंसा से ही युद्ध करना है मान कर
उखाड़ फेंकना है निरंकुशता को
साहस से युद्ध की ललकार लेकर
युद्ध हमारा है उठो ध्यान धर कर।

बदरंग दुनिया

जैसे कोई जवानी का लिखा हुआ
खत हाथ लग गया हो
या वह गुड्डा मिल गया हो
जिससे कभी बचपन में खेला करती थी।
तो उससे कितनी जुड़ी यादें उमड़ आयेंगी,
उसका मन बोल उठा
तुम आये तो पुराने दिन लौट आये
मिला गया कोई नया जीवन

लौट आया मेरा बचपन

सच

मन करता है फिर लौट जायें वहीं।

अतीत के गीत ही रह गये हैं

अब हमारे पास

इसके अलावा कहने को

नहीं रह गया कुछ खास

पीछे मुड़कर देखते हैं

कितने सीधे सरल थे लोग

थी हर घड़ी अनमोल

निकलते थे सीधे दिलों से बोल

अब तो तमन्नाओं की बस्ती में

अँधेरों का डेरा रह गया है

टूट गये हैं दिल

पर रिश्ते अभी भी मचलते हैं

ढल रही है शाम, सोते जा रहे हैं गीत

दुनिया यूँ ही बदलती रहेगी

होती जायेगी बदरंग

जीवन में अब केवल

अन्तर्मन का ही सत्संग।

चक्र

बर्फ़ से ढके हुए पर्वतों को
लम्बी थकान भरी यात्रा से आये
आवारा बादल
ढकते सहलाते कर रहे हैं आलिंगन।
गर्म हवाओं से तपते
आपस में लड़ते
कड़कती बिजली से होकर परेशान
पा रहे हैं अब ठण्डक, एक असीम तृप्ति
बरसने लगे पा कर नेह
करने लगे बर्फबारी और बरसात।
तपन से छुटकारा पाकर
लुटा रहे हैं आवारा बादल
अपना सब कुछ, सब कुछ
कुछ भी नहीं शेष अब उनके पास।
पर्वत और बर्फ़ भी ख़ुदग़ार्ज़ नहीं
पर्वत नहीं रखता अपने पास कुछ
बर्फ़ को पिघलकर पानी बन जाने देता है।
और बर्फ़ चल पड़ती है सागर ओर
मिलकर सागर से पुनः
बादल बन बरसने को।

तुम आकाश हो गये हो

तुम इतने ऊँचे क्यों होते जा रहे हो ?
लगता है आकाश बनते जा रहे हो।
अच्छा है ऊँचाई का बढ़ते जाना
पर अच्छा नहीं नीचे की
शाखाओं को भूलते जाना।
तनिक दृष्टि डालकर नीचे देखो
नीचे कुछ शाखाएँ छूट गयी हैं
शायद कुछ स्वतः ही टूट गयी हैं।

तुम और ऊँचे होते जा रहे हो
वे तुम से दूर होते जा रहे हैं।
बढ़ रहा है दृष्टि का अन्तराल
जहाँ से तुम्हें सब छोटे नजर आते हैं।

तुम आकाश बनते जा रहे हो
हमारी पहुँच से दूर होते जा रहे हो।
हम पहुँच भी जायें किसी तरह
तो भी वहाँ रुक-ठहर नहीं सकते।
आकाश में चारों ओर है खालीपन
जहाँ हम हाथ फैलाते हैं
पर हाथ कुछ नहीं आता
न सुख मिलता न दुख से ही मुक्ति।
जहाँ समस्याओं का समाधान नहीं
जितना चलते जायें चारों ओर
कुछ हासिल होता नहीं।

तुम आकाश बनते जा रहे हो

तुम्हारे हाथों की लकीरों को सँवारा
समझ लिया था उन्हें अपना
कि रचना हो तुम हमारी ही
तुम्हारे उत्थान के लिए
उन लकीरों को अमिट बनाने में
मिट जाने दी हमने
अपने हाथ की लकीरें
कि रहो तुम सुरक्षित और विकसित
बढ़ो निरन्तर उत्कर्ष की ओर
चाहा था हमने कि तुम्हारा
कद यों ही ऊँचा होता रहे
पर तुम हो गये हो इन मजबूर
हाथों की पहुँच से दूर।

लगता है आकाश बनते जा रहे हो
तुम क्यों आकाश बनते जा रहे हो?

भावों के झरने

काटो पेड़ की टहनियाँ कितनी,
मेघ रस पाकर फिर पनप जायेंगे
नदियों को रोको, बाँधों को बाँधो
बरसात में वे छलक ही जायेंगे।
तमस भरी हो रात कितनी,
प्रभात होते तिरोहित हो जायेगी।
मन को बना लो कठोर कितना
भावों की प्रेम सरिता कैसे थम पायेगी।
भाव भीगे पलों में तो वह
आँसू बनकर पिघल जायेगी।
कलह-क्लेश के मरुस्थल को भी
वे नन्दन कानन बनायेगी
बहने दो भावों के निश्चल झरनों को,
वह तुम्हें अपनों के करीब लायेगी।

कैंसर की पहचान (व्यंग्य)

खैनी मसाला तम्बाकू का
बड़ा है जग में मान।
जेब में हमेशा पड़ा रहे
मानो हो प्रतिष्ठा का प्रमाण।

हथेली में रख सहला रहे
बच्चे की समझ कर जान।
फिर बार-बार फटकारते
जैसे लड़का हो जवान।

हाथ झाड़ श्रीमुख में उड़ेलते
करते हों मानो अमृत पान।
बगल वाला छींकता-खाँसता फिरे
इन्हें न कोई भान।

सुनते ज्यादा हैं कम बोलते
लोग समझें इन्हें बड़े महान।
इशारों में ही बात समझाते
इस पर है इन्हें गुमान।

खैनी- मसाला तम्बाकू खाकर
बारात में भी बैठे हैं शान्त।
शादी में नहीं मय्यत में हों
चुप हैं मुख बड़ा क्लांत।

पीक मारकर साफ दीवार पर
चित्र बनायें तमाम।
लजा गये यह कारनामा देख
बड़े-बड़े चित्रकार महान।

घर में शान्ति रखने में भी
इसका महत्व का काम।
पत्नी बोलती-चिल्लाती रहे
खुले न इनकी जुबान।

सामाजिक भाईचारा बढ़ाने में
इसका बड़ा ही योगदान।
यहाँ झिझक न कोई ऊँच-नीच
अमीर गरीब समान।

श्रीमुख में घण्टों घुमा रहे
मानो कर रहे हों अमृत पान।
चेत जा बन्दे अभी समय है
यह तो है कैंसर की पहचान।

तटस्थ क्यों

नक्षत्र खचित आकाश है विस्तारित
प्रशान्त काला सागर है अनन्त।
दिव्य प्रज्ञा प्रखरता को प्राप्त कर
क्षोभ के भाव का हो जायेगा अन्त।

घटना प्रवाह को देखो व्यग्रता से
तीक्ष्ण प्रत्युत्तर से कोसा करो
क्यों बने रहें तटस्थ हम
विषमताओं पर प्रचण्ड प्रहार करो।

संयमित हो करें प्रखर विरोध
तीक्ष्ण प्रतिक्रिया भी व्यक्त करो।
मनुज क्यों शक्ति अपनी भूलता
अज्ञात रोग से ग्रसित हो।

भ्रम व भय के वशीभूत हो
गहन दुश्चिन्ता के भार से लस्त-सा
मनुज क्यों शक्ति अपनी भूलता
चिंताओं से हो यों संत्रस्त-सा।

निज श्रेष्ठता क्यों नकारता
त्याग पुरातन प्रवृत्ति प्रमाद सब
प्रकट करो सम अश्व उमंग मय
अवश्य होंगे सिद्ध अभीष्ट सब।

चलो हिन्द स्वाभाविकता से
छोड़ सीधापन प्रखरता से अब।
क्यों रहो तटस्थ विषमताओं में
चाहिए अनवरत सक्रियता अब।

तेरा क्या है?

कुछ न कुछ दिया है सबको ईश्वर ने,
फिर भी मनुष्य की तृष्णा मिटती नहीं।
उसकी मर्जी से पत्ता नहीं हिलता,
फिर भी धरती से घृणा घटती नहीं।
सब दौलत व ताक़त उसी से है,
फिर भी आपस की लड़ाइयाँ रुकती नहीं।
धर्म टकरा रहा है दूसरे धर्म से,
किन्तु उसकी रहमतें रुकती नहीं।
कोई कहता मैं बड़ा, कोई कहता मैं ऊँचा,
उसके आगे किसी की बड़ाई ठहरती नहीं।
सत्य और झूठ का अन्तर पता है उसे
इसलिए सत्य की इमारत कभी ढहती नहीं।
जोड़ता है तू पीढ़ियों के लिए मूरख,
किन्तु तुझको तो कल तक की खब़र नहीं।

खड़िया कमेट अभिशाप या वरदान

जब से जीवन में लिखना जाना
सबसे पहले दिया साथ
खड़िया के टुकड़ों ने,
काली चमचमाती पाटी पर
तेरे सफेद कमेट के पानी से
डाले थे डोरे,
सिखाया था लिखना,कलम ने,कमेट ने
और इन खड़िया के टुकड़ों ने तब।
इसी खड़िया के कमेट ने बनाया था
मेरे घर को उज्ज्वल और सफेद सब।

आज क्यों यह मेरे गाँव के लिए
बना है अभिशाप
हरी-भरी वादियों के बीच
यह सफेद एक बदनुमा-सा दाग।
यह खड़िया बनी थी माध्यम
मेरे ज्ञान प्रकाश चमकाने का राग।

भौतिकवादी युग में बनी है यह
माध्यम चेहरों को चमकाने का आज।
कुछ लालची खदान माफियाओं ने
मिला लिया भ्रष्ट अधिकारियों
व नेताओं को आज।
फँसा लिया झाँसे में लेकर
कुछ अर्थविहीन ग्रामवासियों को आज,
बिना कुछ सोचे- समझे
उजाड़ देंगे यह हमारे
जल, जंगल, जमीन को आज,
सुखा देंगे हमारे जल स्रोतों को,

इन खदानों का निष्प्रयोज्य
मलवा रूपी वसा
मिल जायेगी हमारी
नदी रूपी रक्त धमनियों में जब।
खुदे पहाड़ आमंत्रण देंगे
भूस्खलन को तब
ढहा कर ले जायेंगे
हमारे खेत-खलिहान व पेड़ों को सब।

लेकिन कौन बचा अब वहाँ
सुध लेने वाला?
खेत बंजर रहें या खुदे रहें
क्या अन्तर है?
जब हम वहाँ हैं ही नहीं,
तो हमें चिन्ता किस बात की है अब?
तुम - हम बेकार में
सफेद कागज को नीली स्याही से
रंग कर, कर रहे हैं बर्बाद।
अप्रत्यक्ष रूप से हम तुम भी
कर रहे हैं प्रकृति के संसाधनों को बर्बाद।

वहाँ क्यों नहीं जाते हो
जहाँ हो रहा है तेरा गाँव बर्बाद।
धरती माँ कर रही है पुकार
तू निर्दयी है, तू स्वार्थी है।
जिस भूमि ने दिया तुझे जीवन
और किया आबाद।
तू भुला बैठा उस अपनी धरती को
जी रहा है यहाँ निष्कण्टक, निर्विवाद।

अवरोध

जो सुन्दर पर आकर ठहर जाता है
वह सौन्दर्य तक नहीं पहुँच पाता है
जो भाषा के आडम्बर में बँध जाता है
भावों के मर्म तक नहीं पहुँच पाता है
शब्दों में उलझ कर जो रह जाते हैं
अर्थ की गहराई तक नहीं पहुँच पाते हैं
अभिव्यक्तियों , अभिव्यंजनाओं में अटक गये
वे दिल की गहराई तक नहीं पहुँच पाते हैं।

शौर्य के सोपान

संकट में शौर्य प्रदर्शित करने वाले सेनापति
विजयश्री वरण कर पाते हैं।
कृपण, कायर तो कर्तव्य से विमुख हो
संकट के समय
कोटर में मुँह छुपा लेते हैं।
एक दिन मरेंगे सब, कायर भी
खेद, ग्लानि, पश्चाताप की कालिमा
ढो कर वे ले जायेंगे
महाविनाश की विभीषिकाएँ
आती हैं स्वयं मरती हैं
 शौर्य का अरुणोदय तो
अगले ही क्षण जाज्वल्यमान
हो उग आयेगा।
मार्ग के अवरोधों को जो
सोपान बना लेते हैं।
वे सफलता की सीढ़ियों को
आसानी से पार कर जाते हैं
जो जीवन जीने के मर्म को
नहीं जान पाते हैं
सोपान भी उनके लिए
अवरोध बन खड़े हो जाते हैं।

गाँव की नारी

गाँव की नारी
वेदना और दुखों की मारी
उसके लिए कर्तव्यों का कारखाना
अनवरत चलता है
कोई नहीं देखता उसकी पीड़ा को

आवश्यकताओं को,
ख़्वाब, ख़ुशी का देखा होगा
उसने भी कभी,
माँगा होगा तुमसे जो कुछ भी
तुम न दे पाये होगे कभी।
जो तुमने दिया उसी में
ख़ुश होने को मजबूर है।
दर्द उसका थोड़ा बाँटे कोई
इतना तो किसी में दर्द नहीं है
इतना किसी में सामर्थ्य नहीं
आँसू तो बहते हैं बहते रहेंगे
झूठी तसल्ली का कोई अर्थ नहीं।
सहानुभूति के वचन लगते हैं व्यंग्य
और संवेदनाओं की बातें,
प्रायः कम नहीं कर पातीं उनकी
थकानें और दुःख भरी रातें।

निर्बाध गति से यंत्रवत चलती हैं
चलती ही रहती हैं
बिना तेल, बिजली का बिल भरे
बड़ी सहज सरल कर्मठ हैं
गाँव की ये नारी।

इनकी वेदना व दुखों को
समझना नहीं है आसान
यह है गाँव की नारी महान।

तोड़ लो बन्धन

जीना है तो जी लो जिंदगी को
असीम दायरे कभी मिलेंगे नहीं।
समय बीता जा रहा तुम्हारा
तुम्हें आईना दिखाने
कोई आयेगा नहीं।
स्वयं को महसूस किया करो
तुम्हें अन्धकार से कोई
निकालने आयेगा नहीं।
दुःख, शोक, हताशा, निराशा को
कोई दूसरा दूर करायेगा नहीं।

स्वयं करो उपचार अपने ज़ख़्मों का
कोई उसमें मरहम लगाने आयेगा नहीं।
जोड़ लो धागा प्रेम का जो टूट गया
दूसरा कोई जोड़ने आयेगा नहीं।
तोड़ लो बाँध निराशा व दुखों के सारे
परम शान्ति पाने से कोई रोक पायेगा नहीं।
बहुत हुआ वृक्ष में फल पक चुके हैं अब
धरा पर गिरने से कोई रोक पायेगा नहीं।
ख्वाहिशों और सपनों का तेरा बोझ है बड़ा
अधिक देर तक अब ढोया जायेगा नहीं।

कबन्धी-हाथ

धीरे-धीरे उजड़ते हैं गाँव
उसकी दूनी रफ़्तार में
आबाद होते हैं शहर के शहर
जहाँ शोषण की कई कहानियाँ हैं।
शहर के लोगों के महल
उग रहे हैं रोज़ नये-नये।
ग़रीबों के गाँव और घर
उजड़ रहे हैं धीरे-धीरे सभी।
शहर जो गाँवों को खींच रहा है
अपने कबन्धी- हाथों से।
लीले जा रहा है पूरे-पूरे गाँवों को

पहले उसने पचाया गाँव का
दूध, अनाज, फल और सब्जियाँ,
अब तो पचाता जा रहा है
पूरे-पूरे गाँवों को।
बदल दे रहा है गाँव की
लोक -संस्कृति, कला, संगीत को
बनाता जा रहा है उसे
बाजारू और कमाई का साधन
यह परजीवी शहर उसको।

शहर तू तो परजीवी है
तू तो बढ़ता है दूसरों के सहारे।
जिनके सहारे तू बढ़ता है
मुसीबत पड़े उन पर तो
तोड़ उनसे नाता
उन्हें बेसहारा छोड़ देता है।

दूरदराज के गाँवों के कर्मठ हाथ
खिंचते जा रहे हैं तेरी ओर।
फटेहाल, श्रमिक, गरीब
गिरफ्त से बाहर जा नहीं सकते तेरे।
शहरीकरण की यह भूख
हजम करती जा रही है
गाँव के साथ ही गाँव वालों,
पहाड़ों और जंगलों को भी।

बार-बार गाँव जाने को तरसता है
कई बार छोड़ कर जाता है
अपने टूटे-उजड़े नीड़ों की ओर
खुदगर्ज शहर फिर तुम्हें बुलायेगा
तुम्हारी विडम्बना फिर खींच
लायेगी तुमको उसकी ओर
वह फिर सुन्दर सुनहरे मीठे
लालच भरे सपने दिखायेगा।
और तुम फिर भी जाओगे।
कुछ करने की जिद
कुछ पाने की होड़ है तुममें।
खामियाजा फिर भुगतेंगे वे
बार-बार तेरी पैदा की हुई
मुसीबतों की मार का
जिसके सहारे हुआ है तेरा विकास।

पलायन, पुनर्वास की यह
प्रक्रिया बन्द नहीं होगी कभी।
यह जीवन है यों ही चलता रहेगा
आना जाना पलायन होता रहेगा।
गरीब जहाँ था वहीं रहेगा
वैसा ही रहेगा

तेरे कबन्धी हाथ उन्हें
जकड़ते रहेंगे आगे भी इसी तरह
जब तक कोई मुक्तिदाता
नहीं आता इस तरफ।

असीम शान्ति की ओर

तमा का तमस्वी वक्षस्थल,
जगमगाते नक्षत्र,
शीतल मन्द पवन, निः शब्द वातावरण,
लता, तरु, तृण, वनस्पतियों से घिरा
शैल-संकुल,
हिमवन्त के उच्च शिखर
और दूर तक फैली उपत्यका।

प्रकृति का कैसा है यह
गम्भीर, नयनाभिराम चित्रण।
आसमान को ताको,
निरभ्र, नीरव, नील-निर्झर नभ।
तैर रहे हैं असंख्य प्रकाश बिन्दु
नगण्य प्रकाश होने पर भी
प्रभाव स्थापित करते,
निविड़ अन्धकार को
भेदने का असफल प्रयासरत।

यह मौन प्रकृति क्या कहती है
न समझ सकता हूँ न समझा सकता
जिज्ञासा का कोई उत्तर नहीं यहाँ
बस इस असीम निसर्ग के
अद्भुत चित्र को अंतःमन में
समेट रहा हूँ सदा के लिए।
जीवन के झंझावात
इन असीम आनन्दमयी चित्र को
भग्न न भी कर पाये तो,
धुँधला अवश्य ही कर देंगे।

बस आज वसुन्धरा के इस
अनुपम चित्रों को,
छुपा ले हृदय में 'कौस्तुभ'
तुम्हारे असहाय, अकेले पलों के
स्मृति सागर के रहेंगे साथी।
जाने को प्रेरित करेंगे बार-बार
उस असीम शान्ति की ओर तुम्हें।

लोहे की बैसाखियाँ

इस सम्भ्रान्त शहर में
बेतरतीब भागती भीड़,
कुछ अधिक होती जा रही है
बहरी,

दुर्घटना की आवाज़,
गोली की आवाज़,
चीख-पुकार सुनी किसी ने?
आदमी को गाड़ी के नीचे आता

क्या देखा किसी ने?
देखा -सुना भी तो
क्या रुका कोई?
शायद अन्धी हो गयी है ये भीड़।

आँखों की रोशनी कम नहीं
चीखों की आवाज़ कम नहीं,
मन की संवेदनाएँ ही
हो गयी हैं कमजोर।

आततायी के अत्याचार से पीड़ित
किसी निरीह की आर्त पुकार
बचाओ-बचाओ की चीख-पुकार
क्या सुनी किसी ने?

सुनने की शक्ति कम नहीं हुई
आत्मा ही गूंगी हो गयी है।
आगे बढ़ने की होड़ में भीड़
है सब बेअसर और मजबूर।

आगे बढ़ने के लिए आवश्यक नहीं
आज मजबूत टाँगें
शक्तिशाली लोहे की बैसाखियों के
ऊपर है जोर

लोहे की दौड़ती बैसाखियों के आगे
इंसानी पैरों की कोई हैसियत नहीं
शायद राहें ही हो गयी हैं
आज अधिक कठोर।

कहाँ जा रहे हैं

बिना वृक्षों, पत्तों, फूलों के
कंक्रीट के जंगलों के बीच खड़े हैं,
इस कंक्रीट के जंगल में
इधर-उधर गुजरती हैं कठोर राहें
लील गये हैं एक-एक कर
फूल, पत्ते, तितली, भँवरे
हवा, पानी और खुशबू सारी।

प्रकृति के बीच बसे हैं गाँव
पर हममें शहर आने की होड़ सारी
फिर मुड़कर गाँव की ओर
न देखने की महामारी,
उजड़ते गाँवों के टूटते-सूने
घरों की किसको है पीड़ा,
परन्तु यहाँ घरों की किल्लत,
है उनके लिए मारा-मारी।

चौड़ी चिकनी सड़कों पर
उजाला दिख रहा है चारों ओर
पर अन्दर तंग गलियों में
झोपड़पट्टियों में फैले अन्धकार को
देखा नहीं किसी ने
रात के अन्धकार को
छोड़ ही दो जनाब!

दिन में फैले मजबूरी के अन्धकार को

क्या देखा यहाँ किसी ने?
सुनने में अच्छा लगता है शहर
परन्तु शहर के भीतर ही भीतर
कई शहर हैं जनाब!

वैश्वीकरण

विश्ववासी कारक का युग,
बदलते सामाजिक मूल्यों का युग,
भौतिकवादी परिवेश की चुनौतियों का युग,
देश से विदेश की भूमि अधिक प्यारी,
बच्चे हैं विदेशों में
जड़ों से कटते जाने का युग।

वसुधैव कुटुम्बकम् सुनने में है अच्छा
बखान करना लगता होगा अच्छा
पर पीछे छूटे बुजुर्ग माँ-बाप
जो छोड़ना नहीं चाहते हैं धरती अपनी
जिन्होंने स्वयं के दर्द को है छुपाया
परन्तु पनप रही हैं नयी-नयी चुनौतियाँ
मुश्किल हो गया है
इंसानियत का जिंदा रहना।

पढ़ाओ बच्चों को यंत्रवत पाठ
बनाओ पैसे कमाने की मशीन,
परन्तु नैतिकता का पाठ
सामूहिक चेतना का पाठ
भाव संवेदनाओं का पाठ
भी है नितान्त आवश्यक
इस पर भी होना चाहिए विचार।
क्या किया किसी ने?

कहते हो जमाना बदल गया
नैतिक मूल्यों का हो गया ह्रास
भाव, आनन्द, रस
हो गये समाप्त व बेकार,

पूर्ववत है आज भी वे
ईश्वर के बनाये संसार में।
मनुष्य ही बदल गया है यहाँ
क्या सोचा किसी ने ?

वैभवता की चकाचौंध में
भौतिकता में जकड़ा मनुष्य।
आधुनिकता की होड़ में
पड़ा मनुष्य।
ईश्वर का बनाया संसार
नहीं है कठोर।
इस होड़ में मनुष्य का दिल ही
हो गया है कठोर
क्या सोचा किसी ने ?
विश्ववासी सोच को बदलना है
कठिन
इसे बदला जाना है भी नहीं सम्भव,
एक नया परिवेश बनाना होगा
क्या सोचा किसी ने ?

मन

यह मन अति कोमल है,
कमल-सा कोमल
जल-सा स्वच्छ और चंचल
इसे मत सताइए।
न आहट होगी
न शोर होगा पर
दर्द बड़ा होगा
इसे मत रुलाइए।

कार्यालय से विदाई

जीवन की एक पारी की साँझ में
यादों के दीप झिलमिलाये
आज एक और बना
इस अम्बर का तारा,
फिर भी कहीं रहेगा यहाँ
प्रतिबिम्ब तुम्हारा।

कंचन-यौवन किया समर्पित
परिवार की चाहतें थीं
उनका स्वप्निल संसार सँवारा,
कर विलीन निज संसार यहाँ
उनके बीच तो निश्चित रहेगा
प्रतिबिम्ब तुम्हारा।

इस जीवन के पथ पर
कई उतार-चढ़ाव आये
कभी रुदन के तो कभी
मंगल गीत गाये।
आयेगा नहीं अब
समय यह दोबारा
फिर भी कहीं रहेगा यहाँ
प्रतिबिम्ब तुम्हारा।

कर्मों के कूलों से
फ़ाइलों की ढेरों से
यादों की घाटी से
कभी-कभी आयेंगी सदाएँ,

लगेगा मुझे ज्यों तुमने पुकारा
निश्चित ही कहीं होगा यहाँ
प्रतिबिम्ब तुम्हारा।
पर आज से मैं बन गया हूँ
इस अम्बर का तारा,
इस अम्बर का तारा।

नींव के पत्थर

उनकी चढ़ती थी जवानी
उन्हें खोज रही थी कुर्बानी
जलना था उनकी अभिलाषा
मरण था उनका त्यौहार।
नमन उन्हें हमारा शत-शत बार।
नमन हमारा उन्हें शत-शत बार।
गढ़ गये जो नींव में
उन पत्थरों को याद कर लो
ऊँचाइयों पर खड़े हो
धरातल को याद कर लो।
देते नहीं दिखायी वे
जिनकी बदौलत यहाँ खड़े हो
आँखों से दो बूँद उनके लिए निकाल लो
आज उनके लिए निकाल लो।

शहर-गाँव

यह शहरों से गाँव की ओर
पैदल जाते मजदूर
जैसे तोड़ दिया हो इनका
शहर वाला मधुमक्खी का छत्ता
लूट लिया हो इनका
शहद भरा प्याला
फिर लौट चले हैं
उसी पुराने पेड़ पर
जहाँ छोड़ा था पिछला छत्ता
हजारों मील पैदल चलना है
चिन्ता नहीं है छालों की
भूख का चक्रव्यूह तो तोड़ना
सीखा था इन्होंने गर्भ में ही
एक चक्रव्यूह को तोड़कर
पहुँचेंगे अब नये चक्रव्यूह में
ये तो सदैव ही उलझे रहेंगे
नये-नये चक्रव्यूह में
नियति है इनकी फँसते रहना
कब तक उलझे रहेंगे
मारे जायेंगे निश्चित ही
क्योंकि कहीं तरह-तरह के चक्रव्यूह में
फँसते रहेंगे उलझते रहेंगे।
क्योंकि नहीं कोई चाहता
इन्हे बचाना
शहर और गाँव के बीच
यू ही झूलते रहेंगे
झूलते रहेंगे।

नपुंसक जीत

करने को उसे प्रताड़ित
बहाने बनाता अनेक
नशे में होकर खोता है
अपना आपा
वास्तविकता यह है
उसको नशा है
अपने मर्दाना रौब का
अपना हक़ जताने का
हिंसा कर उसे दबाने का
उस पर अनावश्यक नियंत्रण कर
अपनी
नपुंसक जीत पर इतराने का।

जीवनसाथी

अकेलेपन में तूने हँसना सिखाया
कठिन घड़ी में भी तूने चलना सिखाया
आयी तो जीवन में सफ़र आसाँ हो गया
जिंदगी का अवसाद तिरोहित हो गया
हथियार से न किसी वार से बताया
मुझे प्यार से जंग जीतना सिखाया।

मेरे सपनों को अपने हाथों से सजाया
रूठा तो तुमने मुस्कुरा कर मनाया।
मेरे हाथों में अपना हाथ देकर
सच कहूँ तुमने ही जीना सिखाया।

श्रमिक एक वस्तु

शहर में फूटी जब सूरज की पहली किरण
व्यस्त सड़क के एक मोड़ पर
या किसी चौराहे के किनारे पर
गाँव से चलकर आये
शहर की बस्तियों से भी आये
रोजी रोटी का सपना सँजोये
सब आकर खड़े हो गये।

सब मिलकर एक से हो गये
श्रम के इस बाज़ार में,
हो गयी है अच्छी-खासी भीड़
भीड़ का कोई नियम नहीं
भीड़ में हर आदमी की
अपनी-अपनी कहानी है
अपना-अपना अलग रंग
भाषा अलग, तौर-तरीके,
खानपान भी अलग
फिर भी हैं सब एक
श्रम के इस बाज़ार में।
कोई टूटी-फूटी साइकिल पर
तो अधिकांश पैदल
किनारे सोच में बैठा हुआ कोई
बीड़ी के धुएँ में कोई
चिन्ताओं को पी रहा।
किसी के साथ खाने की पोटली
कोई खाली हाथ, खाली पेट खड़ा
किन्तु सभी बिकने की होड़ में
बाट जोहते खरीददार की।

खरीददार करता है मोल-भाव
भीड़ में कुछ किशोर भी हैं
लम्बी ज़िंदगी पड़ी है आगे
पर अभी से छायी है उदासी,
हैं कुछ और भी अलग-सी खड़ी
मैले-कुचैले कपड़ों से ढकी
जिन्हें हम कहते हैं देवी।
कुछ अपने ही गोल में हैं खड़ी
तो कुछ पुरुषों से करती बराबरी
आदमी, औरत, किशोर, बूढ़े
सब एक से हैं श्रम के बाजार में
सब की नजरों में व्याकुलता
आज के अपने ग्राहक को
सब की नजरें हैं तलाशती।

कई तरह के श्रमिक भीड़ में
कोई कबाड़ साफ करने वाला
तो कोई गिट्टी तोड़ने वाला है
कोई है राजमिस्त्री नखरे वाला
तो कोई रंगाई-पुताई रंग वाला है
कोई निरा मजदूरी करने वाले
कोई खाली मसाला बनाने वाली हैं
कोई ईंट गारा ढोने वाली तो
कुछ लकड़ी का काम वाला बढ़ई है।
बिजली का कोई होशियार मिस्त्री
तो कई टाइल व संगमरमर काटने वाले हैं।
इन सब के बीच एक और खड़ा
जो इन सबका बना है खास
चल रही उसकी जुबान निरन्तर
पाल रहे हैं उसका भी जीवन
अपनी कमाई से दलाली देकर।

अपने श्रम को एक दिन के लिए
बेचने को हैं आतुर
क्योंकि श्रम है एक वस्तु
जिसके लिए होता है भुगतान।
मजदूरों के जी-तोड़ श्रम की
आपूर्ति के बदले होता है कभी
मनुष्यता का भी अपहरण।
कभी-कभी हृदयहीनों से
मुफ्त में गालियाँ व
पाता है अपमान का दंश,
शान्ति प्रिय गरीब श्रमिक
नहीं है उसके भीतर अभिमान का अंश।

यह बनाते हैं जीवन सुविधाजनक
उनका जो कहलाते हैं सभ्य
अमीर, संस्कारवान व सफेदपोश।
इस भीड़ का अलग है चरित्र
जो अभी तक बदला नहीं
न बदलता ही दिखायी देता है
ये हमारी व्यवस्था पर कलंक हैं
या हैं व्यवस्था के अभिन्न अंग!
हाड़-तोड़ कर कमाते हैं दिनभर
शाम को निकल जाता है सब
क्योंकि उनकी झोली में है
बहुत सारे छोटे-छोटे छिद्र
जो कमाया सारा निकल गया
इन छिद्रों के संग।
कोई सिलवा दो झोला हो ऐसा
जिसमें जाये अधिक निकले कम।
जिससे कुछ बचा रह जाये वहाँ
सब कुछ निकल जाने से पहले।

इधर दोपहर होती जा रही है
खरीददारों की भीड़ हो रही है कम
अब तो आपस में भी है प्रतिस्पर्धा
मिले खरीददार भले भाव मिले कम।
दिनभर बेकार बैठने से क्या होगा भला
बन जायेगी शाम की नमक रोटी
बिना दाल सब्जी भला
सोच कर यह कम में भी है तैयार
इस तरह बढ़ता रहता है
भूख का शोषण और अत्याचार।

इस भाग्यवादी धारणा से
कब मिलेगी मुक्ति ग़रीबों को
होगा क्या कभी चेतना का संचार।
क्या मानवता के अपहर्ता शोषक का
हृदय बनेगा कभी उदार।

दूसरों के खातिर

सदा मुस्कुराते रहो
दूसरों के खातिर
जख्म की तड़प का
उन्हें एहसास न होवे।
खुशी और गम
दो पहलू हैं जीवन के
खुशी बाँटते जाओ कि
आँखों में उनके आँसू न आवे।
पूर्वाग्रहों से जकड़कर
सदा रखो न दिल को
सदा के लिए कोई
धरा पर आया नहीं।
प्रेम से रहो और
प्रेम ही लुटाओ
यूँ ही गुजर जाना
तुम्हारे लिए ठीक नहीं।

पेड़

बहुत लुभाते हैं आँखों को
लहलहाते सुन्दर पेड़।
निकट बुलाते छाँव दिखाते
प्राणवायु भी देते पेड़।

मधुमक्खी के छत्ते को भी
प्यार से लटकाता है पेड़,
चिड़ियों के नीड़ों को भी
सँभाल कर रखते खड़े हैं ये पेड़।

आयी गर्मी बढ़ा तापमान
सब सहन करता है यह पेड़,
झुलस रहा है घर-आँगन भी
ठण्डक देता मात्र यह पेड़।

आओ मिलकर पेड़ लगायें
ताल-तलैया को मत पाटें।
सँभाल कर रखें इस धरती को
क्षरण करें जो उस को डाँटें।

आओ मिलकर पेड़ लगायें,
आओ मिलकर पेड़ लगायें।

स्व-धर्म

मुझमें धरती जैसा धैर्य हो, अग्नि जैसा तेज,
जल जैसी शीतलता हो, हवा जैसा हो वेग।

माता-पिता गुरु पूर्वजों से हो मेरी पहचान,
इसमें क्या है मेरी शान और मेरा योगदान?

माता-पिता ने जन्म दिया, गुरु ने दिया ज्ञान,
निश्चित ही है मेरे पूर्वज सदा मेरे स्वाभिमान।

अपने ज्ञान, कर्म से ही बनानी है मुझे पहचान,
बढ़ाऊँगा माता-पिता, गुरु, देश का सम्मान।

न बनूँगा मैं कभी भाग्यवादी और भोगवादी,
बनूँ मैं पुरुषार्थवादी, मानवतावादी, राष्ट्रवादी।

कर्म ही मेरा धर्म हो, कर्म ही हो मेरी पूजा,
कर्तृत्व का अंहकार न हो प्रभाव न हो दूजा।

बाधाओं से रुकूँ नहीं, संकटों से झुकूँ नहीं,
न निन्दाओं से विचलित, प्रलोभनों में पड़ूँ नहीं।

असफलता की आशंका से पीछे कभी हटूँ नहीं,
संसार जानता है गुलाब काँटों के बिना उगते नहीं।

मेरा भारत देश महान

उन्नत भाल हिमालय साजे,
उमंगति गंगा जिसकी आन।

उन्मुक्त तिरंगा लहरा लहरा कर
शांति दूत सा बन देता ज्ञान।

ध्वज पर चक्र सुदर्शन-सा हैं
करता है शक्ति का गुणगान।

कीरति चहुँ दिशा फैल रही है
बन मेरे भारत की सुदृढ़ पहचान।।

धर्म जाति सब स्वच्छंद विचरते
करते जन-गण-मन का गान।

प्राचीन सभ्यता है भारत की
सारे विश्व में घरे अमिट निशान।

अंतरिक्ष, युद्ध, खेल, पर्यटन में भी
विश्व जिसे दे रहा मान सम्मान।

महिला शक्ति बन उभर रही है
जो सदा से रहीं हैं भारत की आन ।

अद्वितीय,अजेय,अनूठा भी है,
मेरा भारत देश महान।

वसुधैव कुटुंब का भी नारा है
जो है भारत का परिधान।

ज्ञान, विज्ञान, संगीत, कला है
पर सर्वोपरि गुरुओं का मान।

भाषा, सभ्यता, संस्कार में श्रेष्ठ
शत शत बार करें इसे प्रणाम
ऐसा मेरा भारत देश महान।

सत्ता व आदर्श

आदर्श स्वप्न के चिर विस्मृत टुकड़े,
ये सब तो सत्ता प्राप्त करने के झगड़े।

धन बल है चकाचौंध से उपेक्षित करते।
अंधकार है मजबूरी में स्तुति वाचन करते।

जो अब मोल चुका रहे हैं उन टुकड़ों का,
आदर्शों के बदले मिले कोरे आश्वासनों का।

चकाचौंध नगरों की देख आह्लादित होते,
पीड़ा, दुर्गंध और सड़न में भले ही रहते।

तुम हो मात्र सत्ता पाने के सुगम साधन,
धन बल और जनबल है सत्ता का ईंधन।

आज आदर्श, सत्ता के सामने घुटने टेकता,
श्रीहीन असहाय हो चंद रुपयों में बिकता।

अर्धनग्न दाता

हरे भरे खेतों की लहराती फसलें
मेहनत से जोतते खेत
औरतें, पुरुष झुके हैं
खरपतवार नोचने में
कुछ घास की गठरियां
लगे हैं बटोरने में,
सफेद टिटहरीयां मंडरा रही
ऐसे उनके ऊपर
जैसे दे रही हो साथ उनका
खेत की मेंड़ में खड़े हैं कुछ
फावड़ा लिए उन्हें सहेजते
कुछ झुक कर धान रोपते
कीचड़ में अर्धनग्न डूबे हुए अन्नदाता,
जो देता है स्वयं न खाकर भी
वही तो कहलाता है दाता।
इसीलिए रह जाते हैं अर्धनग्न।
महादेव भी तो कहलाते हैं दाता
शायद वह भी इसीलिए
रह जाते हैं अर्द्धनग्न।

अकड़

जड़ें नहीं मजबूत,
खड़े हैं नदी के किनारे
अकड़ कर बेशुमार,

आई नदी में बाढ़
ठहर न सके
उखड़ गईं जड़ें
अकड़ हो गई बेकार।

पानी है तरल
अकड़ता नहीं है
मजबूत बाधा पा कर
अपना रास्ता स्वयं बनाता है।

ठहर कर मुड़ कर
आगे बढ़ जाता है,
इसीलिए निश्चय ही वह
भले ही आयें कठिनाइयां बहुत
एक रोज अवश्य अपने
लक्ष्य को पा जाता है।

एकतरफा प्यार

पेड़ों के घर नहीं होते,
पर इंसान उनसे घर बनाता है
दरिया कभी रुकते नहीं
पर इंसान उन्हें रोक बांध बनाता है
हवा देती है जीवन को प्राणवायु
पर इंसान उसमें प्रदूषण मिलाता है।

प्रकृति की हमें हर दम है जरूरत
पर इंसान केवल स्वार्थ निभाता है
वृक्ष एकतरफा प्रेम करते हैं हमसे
पर इंसान उन्हें काटकर, छीलकर
अपने बैठने का सामान बनाता है।

वृक्ष,जल,वायु समान रूप से
समर्पित हैं सभी जीवों से लिए
प्राणदायनी संस्थाएं हैं सभी के लिए
पर इंसान इन्हें अपनी जागीर बनाता है
पर इस नासमझी का प्रतिफल वह
प्रायः अपने विनाश से चुकाता है।